EL HOMBRE DE ACERO™

Amigos
y enemigos

LABERINTO

EDLA 30419

Título original: *Man of Steel: Friends and Foes*
Adaptación: Frank Whitman
Traducción: Sara Cano Fernández
Publicado bajo licencia por Ediciones del Laberinto, S. L., 2013
ISBN: 978-84-8483-731-2
Depósito Legal: M-14488-2013
Impreso en España
EDICIONES DEL LABERINTO, S. L.
www.edicioneslaberinto.es

Amigos y enemigos

Adaptado por Lucy Rosen
Ilustraciones de Steven E. Gordon
Color de Eric A. Gordon
Diseño de cubierta de Jeremy Roberts

INSPIRADO EN LA PELÍCULA EL HOMBRE DE ACERO
GUION DE DAVID S. GOYER
ARGUMENTO DE DAVID S. GOYER Y CHRISTOPHER NOLAN

SUPERMAN CREADO POR JERRY SIEGEL Y JOE SHUSTER

LABERINTO

Este es Clark Kent.

Vive en la Tierra, pero en realidad es de otro planeta.

Aparentemente, parece un chico normal, pero Clark tiene un pasado secreto.

Clark nació en un planeta
llamado Krypton, muy lejos
de la Tierra, en el espacio
exterior.
Su verdadero nombre es
Kal-El.
Sus padres, Jor-El y Lara,
lo querían mucho.

Kal-El y su familia vivían

en una casa muy bonita, que

se llamaba Casa de El.

Tenían dos criados robóticos

que se llamaban Kelex y

Kelor.

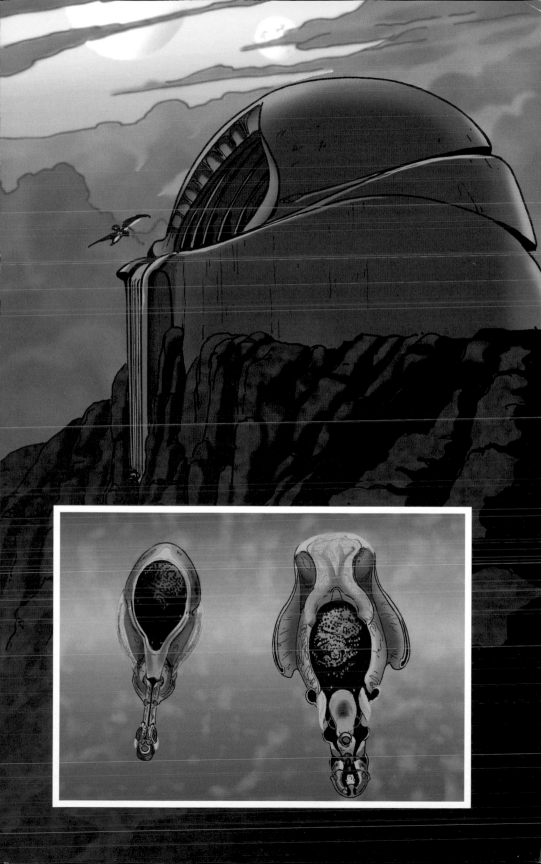

Jor-El era científico.

Un día, descubrió que Krypton

iba a explotar.

Jor-El informó al Consejo

Supremo de su descubrimiento,

pero no le creyeron.

Lara y Jor-El querían salvar a su hijo.

Para que pudiera crecer a salvo, Kal-El tendría que abandonar Krypton.

Lara metió al bebé dentro de una pequeña nave espacial.

«Eres nuestra última esperanza».

Lanzaron la nave al espacio.

La nave de Kal-El se estrelló en la Tierra.

Martha y Jonathan Kent la descubrieron cerca de su granja. Dentro, encontraron un bebé.

Martha y Jonathan le dieron un nuevo nombre a Kal-El —Clark Kent— y se convirtieron en su familia en la Tierra.

Clark creció como cualquier niño y empezó a ir a la escuela.

Pero Clark era distinto: ¡tenía poderes especiales!

Era súper fuerte, súper rápido y… ¡podía volar!

Clark mantenía sus superpoderes en secreto.

Clark tenía problemas con los malotes del colegio, como Pete Ross.

Se burlaba de Clark y lo insultaba.

Afortunadamente, Clark tenía una buena amiga que se llamaba Lana Lang.

Ella siempre estaba a su lado.

Clark Kent ahora es adulto.

Viaja por todo el mundo haciendo buenas obras.

Usa sus superpoderes para salvar a la gente.

Un día, una nave alienígena
llegó del espacio.

A bordo iba el general Zod, un
peligroso criminal de Krypton.
Aterrizó en Smallville y atacó
la Tierra.

Con el general Zod
viajaban otros dos
criminales que se llamaban
Faora y Nam-Ek, temibles
guerreros entrenados para
destruir.

Nada podía detenerlos de
dominar la Tierra bajo el
mando de Zod.

Clark sabe que es el único que puede combatir la amenaza alienígena.

No permitirá que estos malvados villanos destruyan su nuevo hogar. ¡Es hora de usar sus superpoderes para detener a los malos!

Los enemigos de Clark
tienen los mismos
superpoderes que él.
La batalla está reñida, pero
Clark los vence.
El general Zod y sus secuaces
se retiran de nuevo al espacio
exterior.

Perry White es el editor del periódico Daily Planet.

Lois Lane es su mejor reportera.

Lois no sabe quién es el héroe, pero decide darle un nombre, y lo llama Superman. Perry publica su historia en primera página.

Clark Kent es Superman, y hará lo que sea necesario para mantener la Tierra a salvo de Zod y otros villanos.

¡Por algo es el Hombre de Acero!